Disney

# Encanto

# La fantastique famille Madrigal

## Le roman du film

Texte d'Angela Cervantes.


Traduction-adaptation : Christophe Rosson.
Conception graphique du roman : SKGD-Création.

Hachette Livre, 58, rue Jean-Bleuzen, 92178 Vanves Cedex.

Disney

# Encanto
## La fantastique famille Madrigal

**Le roman du film**

hachette
JEUNESSE

# MIRABEL

À 15 ans, Mirabel est la seule des enfants Madrigal à ne pas avoir de don. Pour autant, elle ne manque pas de caractère ! Et elle est déterminée à prouver qu'elle a bien sa place dans la famille.

# ISABELA

La grande sœur de Mirabel est la fille parfaite. Elle est capable de faire éclore les fleurs d'un simple claquement de doigts.

# LUISA

La sœur cadette possède une force herculéenne. Aucun effort ne lui fait peur. Ses biceps sont aussi gros que son bon cœur !

# ANTONIO

Le petit cousin de Mirabel a 5 ans, l'âge de recevoir son don. Timide et réservé, il va se voir offrir le pouvoir de parler aux animaux !

# Prologue

Dans l'éclat de la bougie qui éclaire la pièce, une fillette de cinq ans, Mirabel, et sa grand-mère – son *abuela* – se blottissent l'une contre l'autre. Le reflet de la flamme danse sur les énormes lunettes de l'enfant.

— Cette bougie renferme le miracle qui a été donné à notre famille, dit Abuela.

Elle passe un bras autour des épaules de Mirabel et commence à raconter l'histoire du miracle.

– Il y a de cela fort longtemps, mes trois bébés venaient tout juste de naître, ton *abuelo* Pedro et moi avons été forcés de fuir de chez nous.

Dans la flamme de la bougie, Mirabel voit Pedro qui conduit un groupe de

villageois effrayés qui tentent de traverser un fleuve.

– Hélas, nous n'avons pu échapper aux dangers... et nous avons perdu ton *abuelo.*

La flamme montre Abuela à genoux sur la berge en train de prier face à la bougie. Quand tout semble perdu, la bougie reprend vie. Et brusquement, des papillons de lumière chassent la pénombre. La terre gronde, des montagnes s'élèvent et forment une vallée protectrice autour des familles.

– La bougie est devenue une flamme magique, qui ne s'éteindra jamais, explique Abuela. Elle a offert des dons fabuleux à mes enfants... ainsi qu'à leurs enfants. Et elle nous a procuré à tous un refuge. Un pays merveilleux... un *Encanto* !

# Chapitre 1
## La famille Madrigal

Les années passent... Mirabel a quinze ans, à présent. Et aujourd'hui est un grand jour : son petit cousin va recevoir son don magique !

Mirabel entraîne les enfants dans les rues du village pour leur présenter sa famille. Ils passent devant une superbe peinture murale qui représente Abuela et ses

triplés : Pepa, Bruno et Julieta.

– Pepa possède le pouvoir de contrôler la météo, explique Mirabel aux enfants. Si elle est heureuse, le soleil brille. Si elle est triste... mieux vaut prévoir un parapluie !

Bruno a le don de prédire l'avenir. Mais il a quitté la famille il y a des années...

Mirabel désigne ensuite sa maman, Julieta. Elle peut soigner n'importe quelle blessure ou maladie grâce à la nourriture.

Son père Agustín et son oncle Felix ne possèdent aucun pouvoir, car ils sont entrés dans la famille par le mariage.

Mirabel présente ensuite ses trois cousins et ses sœurs.

Sa cousine Dolores a l'ouïe extrêmement fine : mieux vaut ne même pas chuchoter un secret en sa présence. Son cousin Camilo est un changeur de forme, ce qui peut être gênant quand il se transforme en... Mirabel ! Enfin, son cousin Antonio n'a pas encore reçu son don – mais c'est pour ce soir !

Après ça, Mirabel montre

ses deux grandes sœurs : Isabela et Luisa.

Isabela est Mademoiselle Perfection. Elle est capable de faire éclore les fleurs d'un simple claquement de doigts.

Luisa, elle, possède une force herculéenne – ses biceps sont aussi gros que son bon cœur !

Tout à coup, les cloches du village résonnent.

En un clin d'œil, la famille se regroupe et rentre ensemble chez elle.

– Et toi, Mirabel, ton don, qu'est-ce que c'est ? l'interroge une fillette.

Mirabel cherche une réponse intelligente, quand tout à coup Abuela Alma paraît à la porte.

– Qu'est-ce que tu fabriques ? s'agace-t-elle.

– Elle allait nous révéler son don ! s'enthousiasme une autre fillette.

– Mirabel n'a reçu aucun don, annonce Dolores en surgissant de nulle part.

Mirabel grimace. Elle aurait dû se douter que sa cousine entendrait ces échanges...

Dans la cour, les préparatifs de la cérémonie d'Antonio vont bon train.

Mirabel est bien décidée à se rendre utile ! Elle monte à l'étage, avec dans les mains une boîte qui renferme un cadeau pour Abuela.

Elle s'arrête un instant devant la tour de Bruno. La porte en est condamnée. Personne ne parle jamais de Bruno dans la famille. Pourquoi est-il parti ?

Mirabel s'agenouille dans le couloir et sort de sa boîte le napperon pour bougie qu'elle a réalisé pour Abuela.

– Une heure ! annonce Abuela.

Mirabel sursaute si fort qu'elle fait tomber une bougie allumée – son cadeau pour Abuela prend feu ! La jeune fille s'empresse de l'éteindre, mais le mal est fait. Au même instant, Abuela apparaît devant elle.

– Tu aurais dû laisser quelqu'un d'autre s'occuper des décorations, estime la vieille dame.

Mirabel lève les yeux vers elle.

– Oh, non, en fait c'était une petite surprise que... je voulais t'offrir.

Abuela regarde Mirabel sans trop savoir quoi penser. C'est alors qu'elle repère un nuage noir dans le ciel.

– Pepa ! appelle-t-elle. Il y a un nuage dans le ciel.

– Je sais, maman, c'est parce que j'angoisse : je ne trouve Antonio nulle part !

– Je parie que je peux le trouver, assure Mirabel.

– Mirabel, intervient Abuela, cette soirée doit être parfaite. Le village compte sur notre famille, sur nos dons.

Et le mieux qu'on puisse faire, parfois, c'est de se mettre en retrait, de laisser le reste de la famille faire ce qu'ils savent faire. D'accord ?

– Hmm, marmonne Mirabel.

Les paroles d'Abuela lui font mal, mais la jeune fille obéit toujours à sa grand-mère.

Alors Mirabel va dans sa chambre. Seule et triste...

# Chapitre 2

## La cérémonie

Assise sur son lit, Mirabel tente d'oublier la conversation qu'elle a eue avec son *abuela*. Sa chambre est celle qu'occupent tous les enfants Madrigal jusqu'à leurs cinq ans. À cet âge-là, elle aurait dû recevoir son don et changer de chambre. Mais rien de tout cela n'est arrivé.

Si tout se passe bien ce soir, Antonio va disposer à son tour de sa propre chambre avec une porte magique. Et Mirabel se retrouvera seule. Tout à coup, elle se redresse. Son petit cousin a besoin de son soutien.

Alors elle sort de la commode un petit paquet, entouré d'un joli ruban. Mirabel glisse ses doigts dans la boucle du ruban et dépose le paquet sur le bord du lit.

– Tout le monde te cherche, dit-elle sans recevoir de réponse. Ce cadeau s'autodétruira si tu ne le prends pas dans trois, deux, un...

Les petites menottes d'Antonio jaillissent de sous le lit et s'emparent du cadeau. Tout sourire, Mirabel se glisse sous le lit pour y rejoindre son cousin.

– Tu es nerveux ? l'interroge-t-elle.

Comme Antonio fait oui de la tête, elle lui assure :

– Tu n'as rien à craindre. Tu vas recevoir ton don, ensuite tu ouvriras ta porte et ça va être génial ! J'en suis certaine.

Du bout des doigts, elle pousse le cadeau vers Antonio.

– Malheureusement, tu vas me manquer, quand tu changeras de chambre...

Antonio déballe son cadeau : c'est un doudou en forme de jaguar.

– Je sais que tu adores les animaux, reprend Mirabel. Alors je t'ai confectionné celui-ci pour que tu te sentes moins seul dans ta nouvelle chambre.

Au même instant, le plancher remue sous Mirabel et Antonio : la maison leur rappelle que la cérémonie va commencer !

Des percussions retentissent soudain. Abuela Alma pénètre dans la cour. La bougie magique en main, elle s'adresse à sa famille et au village réuni.

– Il y a cinquante ans, cette bougie nous a offert un miracle, déclaret-elle. Et notre famille a eu l'honneur de mettre ses dons au service de la communauté. Ce soir, un autre membre de la famille s'apprête à faire notre fierté !

Un rideau s'ouvre afin de révéler Antonio, seul. La peur le paralyse. Il se tourne vers Mirabel et lui tend la main.

– Je ne peux pas..., murmure la jeune fille à Antonio.

– J'ai besoin de toi, lui chuchote son cousin.

Mirabel aura-t-elle le courage d'aider son cousin, tout en sachant qu'Abuela ne le verra

pas d'un bon œil ? La détermination monte en elle. Si Antonio a besoin d'elle, elle va l'aider !

– En avant, dit-elle à Antonio en le prenant par la main. Allons voir ta porte.

Arrivée devant la porte, Mirabel confie son cousin à Abuela.

– Utiliseras-tu ton don pour servir notre communauté ? demande celle-ci à l'enfant. Te montreras-tu digne du miracle, et feras-tu notre fierté ?

Antonio fait un oui timide de la tête, et Abuela lui signifie de saisir la poignée.

Quand l'enfant touche la poignée, son corps tout entier s'illumine. Le voilà empli de magie ! Dans la foulée, un toucan se pose sur son bras. L'oiseau pépie et bat des ailes.

– Je comprends ce qu'il dit ! s'exclame Antonio.

Il possède le don de communiquer avec les animaux !

– Nous avons un nouveau don ! annonce Abuela.

La foule répond par des vivats, et des feux d'artifice illuminent le ciel.

# Chapitre 3

## Le secret de la magie

Mirabel sort observer la bougie magique. Elle voudrait que cette bougie l'écoute comme elle a écouté Abuela autrefois.

Soudain, une tuile tombe du toit. Étrange... La maison ne s'autodétruit pas comme ça, normalement ! Mirabel ramasse les débris pour les inspecter et elle remarque

que les carreaux de la cour se brisent aussi un à un.

– Casita ? demande Mirabel d'une voix angoissée.

Elle s'appuie à un mur comme pour rassurer la maison mais… *CRAC* ! Une fissure se forme sous sa paume et se sépare bientôt en deux pour mieux envahir le mur. Mirabel monte les marches en courant pour suivre la fissure, qui atteint à présent l'étage. Elle la perd de vue un instant mais elle entend alors le bruit du mur qui se fend. À l'autre bout du couloir, elle repère la fissure en train d'étouffer l'éclat magique de la porte d'Isabela.

Mirabel voit avec horreur la maison tout entière sombrer dans le noir.

Pendant ce temps, la fête se poursuit dans la chambre d'Antonio.

– La maison est en danger ! s'écrie Mirabel en faisant irruption. La maison est en danger !

Tous les regards, inquiets, se tournent vers Mirabel.

– Les tuiles tombaient, insiste la jeune fille. Il y avait des fissures partout et... la bougie a failli s'éteindre.

Des murmures gênés parcourent la foule. Abuela comprend qu'elle doit réagir, et vite.

– Fais-moi voir, ordonne-t-elle à Mirabel.

L'adolescente entraîne sa famille dans la cour, où les fissures sont nées. Mais lorsqu'ils arrivent, ils découvrent les murs intacts. Et la flamme de la bougie brille intensément...

Le lendemain matin, au petit déjeuner, Mirabel va trouver sa cousine Dolores. Avec son ouïe extraordinaire, celle-ci a peut-être entendu quelque chose d'anormal hier soir...

– Les seuls à s'inquiéter pour la magie, lui confie Dolores, ce sont toi et... les rats.

Dolores marque une courte pause en voyant Mirabel rougir.

– Et Luisa, ajoute-t-elle. Je l'ai entendue transpirer toute la nuit.

À ces mots, Mirabel reprend espoir ! Luisa doit savoir quelque chose !

Mirabel se dirige aussitôt vers sa sœur, quand soudain Abuela fait son entrée dans la cour.

– Tout le monde à table ! ordonne la grand-mère. Allons, allons.

Mirabel s'installe à côté de Luisa.

— Luisa..., commence-t-elle.

— Famille, la coupe Abuela, nous sommes heureux qu'Antonio ait reçu un don merveilleux. Mais nous ne devons jamais nous reposer sur nos lauriers.

Ignorant les paroles de sa grand-mère, Mirabel se tourne vers Luisa.

— Dis, Luisa, tu ne serais pas au courant d'un secret qui concerne la magie, par hasard ?

Sa sœur affiche une mine coupable.

— C'est ça, tu sais quelque chose ! triomphe Mirabel.

— Mirabel, la prévient Abuela. Si tu

n'arrives pas à te concentrer, je peux t'aider.

– Je, euh..., bredouille l'adolescente.

– Casita ! appelle Abuela.

Mirabel n'a pas le temps de protester : la maison l'éloigne de Luisa et l'installe à côté d'Abuela. Celle-ci reprend son discours :

– Comme je disais, nous devons travailler chaque jour pour mériter notre miracle, et aujourd'hui, nous allons travailler deux fois plus dur !

Quand Mirabel retrouve enfin Luisa, elle l'implore :

– Dis-moi ce que tu sais... s'il te plaît. Tu es nerveuse, ça se voit. Si tu gardes tout pour toi, et que ça s'aggrave...

Luisa se tourne vers Mirabel.

– J'ai senti quelque chose, admet-elle.

– Senti quoi ? la relance Mirabel. C'était lié à la magie ?

– Non, je n'ai rien senti, se reprend Luisa. Maintenant que j'y repense, je n'ai rien senti du tout. Il n'y avait pas de fissure. Je vais bien... tout va bien !

Mirabel en est tout intriguée. Elle voit bien que Luisa supporte une pression phénoménale, tout en s'efforçant de ne rien laisser paraître. Pourquoi ? Pour protéger la famille ?

Mais soudain, Luisa lui révèle la vérité : elle souffre parce qu'elle est censée ne jamais montrer ses angoisses ou ses peurs. Elle obéit toujours sans hésiter, ni se demander si le travail sera dur ou dangereux. Mais la pression commence à être insupportable.

Mirabel la serre très fort contre son cœur.

– Tu devrais faire une pause, lui conseille-t-elle. Tu le mérites.

Luisa se dégage un peu et regarde Mirabel dans les yeux.

– Tu veux connaître le secret qui entoure la magie ? demande-t-elle.

Va dans la tour de Bruno, trouve sa dernière vision.

– Sa dernière vision ? Une vision de quoi ?

– Personne ne le sait. On ne l'a jamais trouvée, indique Luisa.

– Comment fait-on pour trouver une vision ?

– Si tu la trouves, tu le sauras, lui répond Luisa. Mais sois prudente. Ce n'est pas pour rien que cette tour est interdite d'accès...

# Chapitre 4
## Le monde de Bruno

Sans attendre, Mirabel entre dans la tour de Bruno. Elle découvre une pièce obscure et poussiéreuse, où du sable se déverse du plafond.

L'adolescente s'avance prudemment quand tout à coup...

– AAAAH !

Elle glisse au bas d'une dune colossale. Lorsqu'elle relève la tête, elle est

dans une pièce immense. Une cascade de sable coule le long des murs. Mirabel remarque alors une pancarte marquée « VISIONS ! », avec une flèche pointée vers le sommet d'une montagne rocheuse. À cet endroit se diffuse une vive lumière verte.

Parvenue au sommet, Mirabel pénètre ensuite dans ce qui ressemble à un temple. Très vite, elle aperçoit trois panneaux décorés. Les images représentent une espèce de rituel magique avec de la fumée et du sable. Tout à coup, une jarre bouge à côté de ses pieds. Mirabel glapit : des rats courent se réfugier derrière un portrait de Bruno.

Un craquement attire ensuite son attention dans une autre pièce.

À l'intérieur, elle ne trouve rien d'autre qu'un étrange cercle de sable par terre.

À cet instant précis, une bourrasque soudaine balaie la grotte, claque la porte et noie Mirabel dans le noir. L'adolescente commence à paniquer lorsque, tout à coup, elle avise une lumière verte qui émane du sol. Elle se tient juste au-dessus !

Mirabel se met aussitôt à creuser le sable comme une folle à la recherche de la lumière verte. Bientôt, elle ramasse un éclat vert brillant. On dirait le fragment d'une sculpture d'émeraude. Et il y en a d'autres éparpillés alentour. C'est forcément une des visions de Bruno !

Folle de joie, elle en ramasse un autre et l'étudie. Mais quand elle le retourne, elle découvre... son propre visage qui l'observe.

– Moi ? s'étonne Mirabel.

Et voilà que le sol gronde à présent sous elle. La grotte tout entière tremble et s'écroule. Le sable se déverse dans la salle par de larges fissures et recouvre les autres fragments. Dans un ultime effort, Mirabel parvient à les récupérer et à les ranger dans son sac. Elle court ensuite tourner la poignée et...

Woooooush ! Un tsunami de sable expulse Mirabel de la salle.

Enfin en sécurité, elle observe le fragment sur lequel figure son image. La toute dernière vision de Bruno... c'était donc elle ?

Mirabel ressort de la tour en courant quand soudain un cri retentit :

– Mon don ! gémit Luisa. Je suis en train de perdre mon don !

–Quoi? s'étrangle Abuela, en accourant.

– J'ai pris une pause – ce n'est pas ta faute, Mirabel. Je savais que c'était mal, mais je me suis endormie. Les ânes en ont profité pour dévorer le maïs, et quand j'ai voulu les rattraper, ils étaient... trop lourds !

La pauvre Luisa se réfugie dans sa chambre. Mirabel en est toute désolée pour elle.

– Ce soir, Mariano Guzmán vient demander Isabela en mariage, annonce sa grand-mère. Ne parle de tout ceci à personne. Luisa n'a aucun problème, la famille ne doit sous aucun prétexte se mettre à paniquer !

Troublée, Mirabel regagne sa chambre.

– Qu'est-ce que je fabrique dans ta vision, Bruno ? demande-t-elle tout haut.

Un éclair et le tonnerre font trembler la chambre. Mirabel sursaute et découvre Pepa à sa porte.

– Pepa, tu m'as fait peur ! s'étrangle-t-elle.

– Désolée, je ne voulais pas te..., s'excuse sa tante. Je passais récupérer les dernières affaires d'Antonio quand j'ai entendu « le nom qu'on ne prononce jamais ».

– Pepa, demande Mirabel, quand tu-sais-qui voyait quelqu'un dans une vision, qu'est-ce que ça signifiait ?

– C'était un cauchemar ! s'exclame Felix en faisant irruption dans la chambre. Bruno avait des visions d'événements terribles et, dans la foulée, *boum*, ces événements se produisaient.

Mirabel se réjouit d'obtenir enfin des réponses !

D'une voix hésitante, Pepa raconte ce qui s'est passé le jour de leur mariage. Il n'y avait pas un nuage dans le ciel jusqu'à ce que Bruno fasse son apparition. Il a affirmé que le temps était à la pluie. Et au final, le mariage s'est déroulé dans un véritable ouragan.

Tandis que Pepa et Felix

évoquent cette triste journée, d'autres membres de la famille se montrent à la porte. Chacun raconte les souvenirs lugubres qu'il garde de Bruno.

Inquiète, Mirabel prend alors son père à part et lui avoue ce qu'elle a trouvé dans la tour de Bruno : les fragments de vision sur lesquels elle apparaît.

Son père récupère les fragments et lui conseille de n'en parler à personne, pour ne pas gâcher la demande en mariage. Hélas... Dolores a tout entendu grâce à son ouïe magique !

# Chapitre 5

## Une rencontre inattendue

Dans la grande salle à manger, Abuela est assise à côté des invités d'honneur : le charmant Mariano Guzmán et son *abuela*. Abuela Alma a disposé la bougie magique devant eux pour les impressionner.

Mais soudain, Mirabel découvre des petites fissures en train de se former sur le sol. Malheur ! La demande en mariage doit se faire au plus vite pour que les Guzmán ne remarquent pas les fissures. Alors Mirabel se lève de table, force Mariano à mettre un genou à terre devant Isabela, et lui fait signe de parler.

– Euh... Isabela, toi la plus belle des Madrigal..., bredouille Mariano.

Pendant ce temps, les animaux se réfugient sous la chaise d'Agustín. Les coatis en profitent pour lui chiper les fragments brillants et les assembler par terre.

Tout à coup, Abuela Guzmán découvre les fissures qui serpentent à travers la maison.

– Qu'est-ce qui se passe ?! s'écrie-t-elle.

En panique, Dolores révèle ce qu'elle a entendu :

– Mirabel a trouvé la vision de Bruno : elle apparaît dedans, elle va détruire la magie, nous sommes tous perdus !

Au même instant, les coatis présentent la vision à tout le monde. Impossible de nier ! La vision montre Mirabel devant une Casita en ruine.

Les Madrigal et les Guzmán en restent bouche bée.

Mais les fissures poursuivent leur chemin. La maison se met à renverser les chaises. Le piano se retourne. Un nuage déverse un torrent sur la table.

Pire, le vase qui contient la bougie se fissure lui aussi. La bougie magique est en train de fondre ! La famille entière se tourne vers Mirabel avec des regards accusateurs – comme si tout était sa faute !

— Abuela… je…, bredouille Mirabel.

– Viens, Mariano ! ordonne Abuela Guzmán. J'en ai vu assez ! Nous rentrons !

– Attendez ! Je vous en prie ! tente de la retenir Abuela Alma.

– Abuela, je t'en supplie ! l'interpelle Mirabel.

Abuela se tourne vers elle et lui rétorque :

– Plus un mot, toi ! Va dans ta chambre !

– Mais ce n'est pas ma faute ! se défend Mirabel.

– Je te déteste ! lui lance Isabela avant de monter se coucher en courant.

C'est alors qu'une lumière verte attire le regard de Mirabel vers le sol. Une partie de la vision se déplace sous ses yeux. À bien l'observer, elle

découvre que ce sont en fait des rats qui la transportent !

Et les rats emportent la vision à l'étage.

Mirabel poursuit les rats. Ils vont la conduire aux réponses. Elle en est persuadée ! Mais soudain, au détour d'un virage, les rongeurs disparaissent !

Mirabel entend un bruit, aperçoit une queue qui se volatilise sous un tableau. Elle s'en approche à pas de loup... soulève délicatement le cadre... et découvre un passage secret dans les murs mêmes de la maison !

Elle s'y engage et, malgré la pénombre, elle note que les murs sont striés de fissures. Ces fissures ondulent comme si elles étaient vivantes.

Un rat qui transporte un fragment de vision double Mirabel et disparaît dans le noir. La jeune fille suit la lumière. Elle voit ensuite une forme apparaître dans la lueur du fragment.

*Crac* ! Un éclair illumine l'endroit et révèle... BRUNO ! D'une main,

Bruno maîtrise le rat et de l'autre il lui arrache le fragment.

Mirabel et Bruno restent un moment à s'observer jusqu'à ce qu'un nouvel éclair surgisse... *CRAC*... et Bruno a disparu ! Son ombre s'engouffre dans un couloir.

Mirabel ne peut pas le laisser filer. C'est sa seule chance d'apprendre la vérité au sujet de la vision. Elle se lance à sa poursuite.

– Stop ! Stop ! l'implore-t-elle.

Mais brusquement, un gouffre s'ouvre devant eux. Mirabel se fige, elle doute d'arriver à sauter par-dessus. Le gouffre semble très profond et très large. Bruno, lui, poursuit sa course. Il va lui échapper !

Alors Mirabel rassemble tout son courage et fait un bond. Ça y est ! Elle a franchi le gouffre. Hélas, quand elle atterrit, le sol s'écroule sous ses pieds. Elle se rattrape du bout des doigts mais elle glisse déjà ! Sous elle, la malheureuse découvre un puits noir sans fond.

Mirabel est sur le point de lâcher prise quand tout à coup… Bruno la saisit par la main. Il l'aide à se hisser sur le sol.

– Tu es en nage, lui dit Bruno.

Mirabel est surprise de lui entendre une voix si douce. Mais quand elle s'apprête à lui répondre, le sol s'ouvre sous Bruno.

Il atterrit quelques mètres en contrebas. Il regarde alentour, étonné d'être encore debout. Puis il lève les yeux vers Mirabel et dit :

– À plus.

Et il s'en va en marchant.

# Chapitre 6

## Réunions de famille

Mirabel s'élance après Bruno.

– Une minute ! lance-t-elle à son oncle. Pourquoi étais-je dans ta vision ? Qu'est-ce que ça veut dire ? Est-ce pour ça que tu es revenu ?

Bruno s'arrête et tape contre un mur.

– Un, deux, trois, quatre, cinq, six, compte-t-il à voix haute. Tu n'étais pas censée voir cette vision ; ni toi, ni personne...

Mirabel le suit toujours. Elle veut des réponses.

– Depuis quand es-tu revenu ? lui demande-t-elle d'une voix douce.

Bruno se tourne vers elle, puis regarde le rat perché sur son épaule, comme s'il cherchait une réponse. Autour d'elle, Mirabel découvre comme une deuxième maison derrière les murs de la maison.

Et soudain, elle comprend :

– Tu n'es jamais parti, en fait.

– Disons que j'ai quitté ma tour... Ici, je suis à deux pas de la cuisine...

Mirabel avise un rayon de lumière qui transperce le mur. Elle le suit et découvre la salle à manger de la famille Madrigal, de l'autre côté. De ce côté-ci, Bruno a disposé une petite table et une chaise. Mirabel en a le cœur qui se serre. C'est sa façon à lui de faire encore partie de la famille, se dit-elle.

– Mon don n'était d'aucune aide pour la famille, se lamente Bruno. Pourtant j'aime ma famille. Simplement j'ignore comment faire pour... enfin, tu vois.

Mirabel comprend qu'ils se ressemblent beaucoup, elle et lui...

– Pourquoi étais-je dans ta vision ? reprend-elle ensuite.

Bruno hésite à lui révéler son secret intime.

– Je ne peux pas te répondre...

Mirabel pousse un soupir de frustration et détourne le regard.

– ... parce que je l'ignore, poursuit Bruno.

Il sort les fragments de vision et les assemble.

– J'ai eu cette vision la nuit où tu n'as pas reçu ton don, explique-t-il. Abuela s'inquiétait pour la magie, elle m'a demandé de regarder dans le futur, pour voir ce que cela signifiait.

Les souvenirs de Bruno apparaissent sur les fragments brillants.

– J'ai vu notre maison qui s'écroulait, la magie menacée, et ensuite je t'ai vue, toi. Mais la vision n'arrêtait

pas de changer. Il n'y avait pas qu'une seule réponse. Pas de destin bien défini. Comme si ton futur était en suspens. Mais je savais que tout le monde allait craindre le pire, parce que c'est moi qui ai eu la vision, alors...

Mirabel comprend : Bruno a détruit la vision car il ne voulait pas que les autres s'en servent contre elle !

– Il faut absolument que tu aies une autre vision, ordonne Mirabel à son oncle.

– Quoi ? Sûrement pas. Les visions, j'ai arrêté, bredouille Bruno.

– Mais ça ne coûte rien d'essayer…

– Écoute, tu as ravagé ma grotte de visions. Et c'est dommage parce que j'ai besoin d'un vaste espace. Sans espace, je ne peux rien faire…

Tout à coup, le toucan d'Antonio vient se poser entre Mirabel et son oncle. Viennent ensuite un capybara et un jaguar. Tous précèdent Antonio en personne.

– Vous pouvez utiliser ma chambre, propose le garçonnet. Les rats m'ont tout expliqué.

Mirabel se retourne vers Bruno, plus décidée que jamais.

– Bruno, notre famille a besoin d'aide, dit-elle. Tu ne peux pas rester caché ici.

Pendant ce temps, Abuela Alma convoque une réunion de famille.

– Tu aurais dû me prévenir à l'instant même où tu as vu la vision ! reproche-t-elle à Agustín.

– Je m'inquiétais pour ma fille. Mais elle ne compte peut-être pas pour toi ? lui réplique le père de Mirabel.

– Tu as toujours été trop dure avec Mirabel, maman, déclare Julieta.

Au même instant, des fissures se dessinent sur les murs, et le portrait d'Abuelo Pedro se décroche.

– Voyez par vous-mêmes, reprend Abuela. Nous devons protéger notre famille, notre Encanto.

Felix paraît alors à la porte.

– Abuela, le village entier veut te voir. Ils sont en panique !

# Chapitre 7

## La nouvelle vision

Quelques instants plus tard, Mirabel et Bruno se retrouvent dans la forêt tropicale qui sert de chambre à Antonio. Bruno se met au travail : la chambre gronde et tremble comme si la maison vacillait.

Quand Bruno a fini de préparer son cercle, il hésite :

– Et imagine que je te montre une vision encore pire. Si je vois quelque chose de mal, ça se produira obligatoirement.

– Je ne pense pas que les malheurs arrivent à cause de toi, lui confie Mirabel.

Bruno sort de sa poche une capsule en or, dans laquelle il prend une allumette.

– Je peux le faire, je peux le faire, s'encourage-t-il. Un, deux, trois, quatre, cinq, six.

Il frotte ensuite l'allumette et met le feu à un petit tas de feuilles humides. Une fumée les enveloppe bientôt, Mirabel et lui. La magie emplit la chambre.

La porte de la tour de Bruno brille de nouveau, pour la première fois depuis le jour où il a quitté la famille.

Dans la chambre d'Antonio, tout s'illumine ! Le vent qui se lève emporte les feuilles et transforme en brume l'eau des cascades. Mirabel remarque que les yeux de son oncle ont viré au vert émeraude. Ils scintillent comme des paillettes.

– Cramponne-toi, la prévient Bruno.

Mirabel lui prend la main et la serre fort tandis que le vent et la magie continuent de s'intensifier. Jusqu'à ce que... wooooouush ! Mirabel soit transportée dans la vision. Là, elle voit sa famille pourchassée par une fissure menaçante ! Et tout à coup, une silhouette surgit.

Autour d'eux, la forêt tremble. La magie est mise à rude épreuve.

Mirabel presse la main de Bruno pour lui assurer qu'elle croit en lui. L'encouragement fait effet. La vision gagne en netteté. Mirabel distingue une forme. Qu'est-ce que c'est ? Elle observe de plus près et reconnaît... un papillon qui volète en direction d'une faible lueur.

– Le papillon. Suis le papillon ! s'écrie Bruno. Il y a aussi quelqu'un...

– Qui ça ?

La silhouette n'a pas fini de prendre forme.

– Enlace-la, et tu verras le chemin...

– Qui ça ? demande encore Mirabel.

– Enlace-la. Tu verras le chemin. Enlace-la, et tu verras le chemin, insiste Bruno.

Mirabel s'avance afin de découvrir qui elle est censée enlacer...

– Mais qui est-ce ? s'exaspère-t-elle.

Et enfin, tout devient clair. La silhouette qui lui fait face est celle de...

– Isabela ? s'étouffe Mirabel.

Un éclair met fin à la vision. Bruno sort de sa transe.

Mirabel fonce trouver Isabela dans sa chambre. Isabela est peut-être furieuse après elle, mais il n'y a pas un instant à perdre.

– Coucou, sœurette ! prononce Mirabel de sa voix la plus douce. Je sais qu'on s'est un peu chamaillées mais... je suis prête à devenir une meilleure sœur. Donc on pourrait... se réconcilier par un câlin ?

– Un câlin ? s'emporte Isabela. Tout était parfait ! Abuela était heureuse. La famille était heureuse. Et toi, tu as tout gâché ! Excuse-toi !

Mirabel baisse les yeux : pourquoi

s'excuser puisqu'elle n'a rien fait de mal ? Mais soudain, la maison tremble, alors Mirabel décide de tenter sa chance.

– C'est bon, Isa. Je m'excuse… Je ne voulais pas te gâcher la vie. Mais il y en a qui ont des problèmes plus graves que toi, espèce de princesse stupide et égoïste !

– Égoïste ? s'indigne Isabela. Je suis obligée d'être parfaite depuis ma plus tendre enfance, et toi tu n'as rien trouvé de mieux que de mettre le bazar.

– Je n'ai pas mis le bazar ! Tu peux encore l'épouser, ton grand dadais de…

– Je n'ai jamais voulu l'épouser ! Je faisais ça uniquement pour la famille !

Au même instant, un énorme cactus jaillit du sol entre les deux sœurs.

Il ne ressemble à aucune plante qu'Isabela a pu créer !

Mirabel s'étonne de voir sa sœur si heureuse d'avoir créé quelque chose de différent.

Et Isabela se met à faire jaillir des plantes sauvages en tous sens.

Plus rien ne l'oblige à créer de la beauté. Elle peut enfin exprimer sa vraie personnalité !

Mirabel lui emboîte le pas – elle va peut-être enfin pouvoir enlacer sa sœur, parachever la vision et sauver la magie !

Mais soudain, une liane fond sur Mirabel ! Vite, vite, Isabela l'attire sur un lit de feuilles.

Ce lit de feuilles est un palmier qui traverse le plafond de la chambre et précipite les deux sœurs sur le

toit de Casita. Les filles courent au bord du toit et Mirabel aperçoit la bougie, dans la cour. La flamme a repris du tonus grâce aux créations d'Isabela !

Et tandis que la végétation envahit le toit, les deux sœurs se prennent par la main et plongent dans ce kaléidoscope verdoyant. Elles atterrissent dans une masse de pétales, de plantes et de fleurs, au centre de la cour. Un fou rire s'empare d'elles. Mirabel s'apprête à enlacer Isabela, quand soudain Abuela fait son apparition.

– Mais qu'avez-vous fait ?! s'emporte la grand-mère.

# Chapitre 8

## Suis le papillon !

– Abuela, tu ne comprends pas, dit Mirabel. On a redonné vie à la bougie.

– Qu'est-ce que tu me chantes ?! réplique la vieille dame.

– Je t'en supplie, écoute-moi... Isabela n'était pas heureuse.

– Évidemment ! Puisque tu as gâché sa soirée !

– Mais j'ai réussi à l'aider. La bougie brille comme jamais. J'étais dans la vision car j'étais censée venir en aide à la famille.

– Bruno a quitté la famille à cause de toi ! insiste Abuela. Luisa a perdu ses pouvoirs. Isabela peut dire adieu à son mariage. Notre maison meurt à cause de toi !

Les fissures se multiplient entre Mirabel et Abuela.

– La maison se meurt parce que personne dans cette famille n'est assez bien à tes yeux ! rétorque Mirabel.

Les fissures sont partout dans l'Encanto. Les villageois accourent à la Casa Madrigal pour prêter main-forte.

Les montagnes qui entourent l'Encanto commencent à se fendre. La magie meurt beaucoup trop vite. Il faut protéger la bougie sur-le-champ !

– Casita ! s'écrie Mirabel pour implorer l'aide de la maison.

Une rampe se décroche du balcon et lui sert d'échelle. La jeune fille se précipite sur le toit.

Terrifiés, les Madrigal s'éloignent de la maison en courant.

Mirabel fonce sur le toit. Elle peut encore sauver la bougie. Celle-ci est bientôt à portée de main. Mais soudain le toit s'ouvre sous ses pieds !

La maison déplace ses tuiles pour la mettre à l'abri tandis que les débris pleuvent du toit. Dans un ultime acte d'amour, Casita sauve la vie de Mirabel. Puis elle souffle de la poussière, et la flamme de la bougie s'éteint.

Au loin, les voix meurtries des Madrigal résonnent :

– Pas étonnant qu'elle n'ait pas reçu de don.

– Ne parle pas de Mirabel comme ça.

– Ne parle pas à mon fils sur ce ton.

– Partons, ça ne sert à rien de rester.

– Partir ? Comment veux-tu partir ?

– L'Encanto est brisé. Elle ne nous a pas laissé d'autre choix.

Mirabel préfère s'en aller plutôt que d'écouter la dispute.

Seule dans la montagne, Mirabel parvient sur la berge d'un fleuve. Elle dérape et tombe nez à nez avec son reflet dans l'eau. Elle grimace. Elle qui voulait faire la fierté de sa famille… elle a échoué.

Elle s'assied sur un rocher pour se reposer quand soudain…

– Mirabel, prononce une douce voix familière.

Abuela la rejoint. Elle l'a suivie depuis Casita.

– Je m'excuse, dit Mirabel. Je ne voulais pas nous faire du mal... Je voulais simplement... être ce que je ne suis pas.

Abuela s'assied près d'elle, épuisée.

– Je n'avais jamais eu la force de revenir ici, confie la vieille dame avec tristesse. C'est ici que nous avons reçu notre miracle.

– C'est ici qu'Abuelo Pedro est..., veut clarifier Mirabel.

Abuela fait oui de la tête. Mirabel ignorait que c'était le fameux fleuve...

– On m'a offert une seconde chance, dit Abuela. Et j'avais tellement peur de la gâcher que j'ai perdu de vue ceux pour qui Pedro s'était sacrifié...

Elle se tourne vers Mirabel et ajoute :

– Tu n'as fait de mal à personne, Mirabel. C'est ma faute si la famille se déchire.

Mirabel comprend pourquoi sa grand-mère s'est montrée si forte et si dure toutes ces années. Elle a subi tant d'épreuves... Elle pensait que son rôle était de protéger la famille.

Soudain, un papillon vient se poser sur un roseau, au milieu du fleuve.

Mirabel l'observe, fascinée. Où l'a-t-elle déjà vu... ? Dans la vision ! Bruno lui a dit de suivre le papillon. Voilà qui lui donne une idée. Elle ôte ses souliers puis dénoue les lacets de ceux d'Abuela. Main dans la main, toutes deux s'avancent dans l'eau.

– Tu as travaillé dur pour ta famille, dit Mirabel. Désormais, tu ne porteras plus aucun fardeau toute seule car, quoi qu'il arrive, nous le porterons avec toi.

À ces mots, Abuela sent son cœur s'ouvrir.

– J'ai demandé de l'aide à mon Pedro. Mirabel, il t'a envoyée, annonce-t-elle avec amour.

Et quand Abuela enlace sa petite-fille, l'eau se met à tourbillonner, des centaines de papillons s'envolent.

Mirabel et son *abuela* les regardent, le visage baigné de larmes. Quand ensuite elles regagnent la berge, un tumulte se rapproche, à travers les arbres.

– Elle n'y est pour rien ! s'écrie Bruno, perché sur un cheval.

Il met pied à terre et se plante devant Abuela.

– C'est moi qui lui ai donné une vision ! enchaîne-t-il.

Abuela le fait taire en le serrant longuement contre son cœur.

– Venez ! s'exclame alors Mirabel en montant sur le cheval de Bruno.

Elle aide Abuela puis son oncle à en faire autant.

– On rentre à la maison, annonce Mirabel.

Et ils regagnent l'Encanto en suivant la piste des papillons.

# Chapitre 9

## Le réveil de Casita

Assis sur l'épaule de sa mère, le petit Antonio avise une lumière qui scintille. Il tapote sa mère et lui montre la lumière qui vient droit vers eux. Pepa lève les yeux… C'est Mirabel, qui chevauche avec Abuela ! Et Bruno les accompagne ! Derrière eux, une nuée de papillons volète dans une lumière vive et magique qui repousse

la pénombre. La famille en reste sans voix. Les villageois observent le spectacle, éberlués.

Un par un, les Madrigal expriment leurs sentiments, révèlent leurs peurs et leurs désirs. Pour la première fois, ils se montrent tels qu'ils sont réellement.

Ensuite, ils commencent à ramasser les décombres. Les villageois s'avancent, hésitants, mais décidés à les aider. Les Madrigal acceptent de bon cœur et, tous ensemble, ils se mettent à rebâtir Casita, une pierre, un mur et une porte à la fois.

Quand les travaux sont terminés, Mirabel et sa famille inspectent le résultat. On allume des bougies pour mieux admirer le travail. Il ne manque plus qu'une chose...

Abuela remet à Mirabel un bouton de porte.

La jeune fille se présente devant la porte d'entrée et avise son reflet dans le bouton.

Enfin, elle insère celui-ci dans la porte et... wooooush ! La maison reprend vie ! Les papillons déferlent sur l'Encanto dans un déluge de lumière ! La famille retrouve enfin ses pouvoirs.

La maison adresse un signe à Mirabel.

– Bonjour, Casita, lui répond la jeune héroïne.

Fin

# Table

hachette s'engage pour l'environnement en réduisant l'empreinte carbone de ses livres. Celle de cet exemplaire est de :
300 g éq. $CO_2$
Rendez-vous sur
www.hachette-durable.fr

PAPIER À BASE DE
FIBRES CERTIFIÉES

Photogravure Nord Compo - Villeneuve-d'Ascq

Imprimé par Rotolito Romania en Roumanie
Dépôt légal : novembre 2021
Achevé d'imprimer : mai 2022
68.6106.9/03 – ISBN 978-2-01-716186-8
*Loi n° 49956 du 16 juillet 1949*
*sur les publications destinées à la jeunesse*